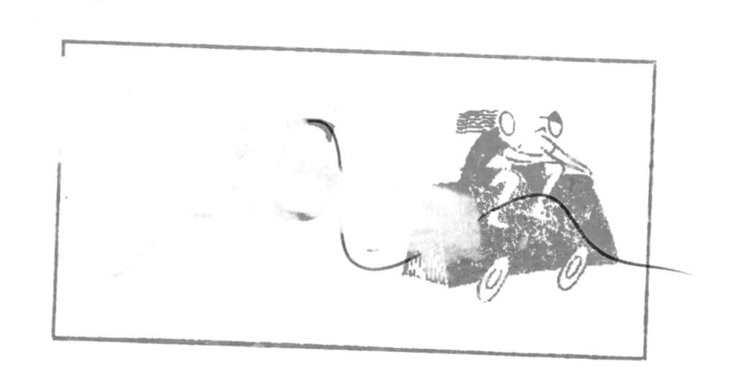

Mae'r llyfr hwn yn eiddo i

____

I Finn a George, gyda chariad ~ M C B

I Nhad-cu Hakon Kristensen ~ T M

Cyhoeddwyd gyntaf ym Mhrydain yn 2010
gan Little Tiger Press, 1 The Coda Centre,
189 Munster Road, Llundain SW6 6AW
www.littletigerpress.com

Cyhoeddwyd gyntaf yng Nghymru yn 2010
gan Wasg Gomer, Llandysul, Ceredigion SA44 4JL
www.gomer.co.uk

ISBN 978 1 84851 121 7

Dymuna'r cyhoeddwyr gydnabod cymorth
Adrannau Cyngor Llyfrau Cymru.

Argraffwyd yn China.

Un Diwrnod Braf

M Christina Butler

Lluniau Tina Macnaughton

Addasiad Sioned Lleinau

Gomer

Roedd y gwanwyn wedi cyrraedd ac roedd Draenog Bach wrth ei fodd.

'Mae'n ddiwrnod braf a'r haul yn gwenu,
A chlychau'r gog mor hardd yn tyfu!'

canai wrth gasglu bwyd i'w fag.

Yn sydyn, clywodd lais bach o'r tu allan yn galw arno.

Mami a Babi Draenog oedd yno.

'Tybed allet ti ofalu am Babi?' holodd Mami'n daer. 'Mae annwyd ofnadwy ar Gwahadden ac mae eisiau rhywun i edrych ar ei ôl.'

'O diar, diar!' atebodd Draenog Bach. 'Wel, wrth gwrs!'

'Diolch yn fawr,' meddai hithau cyn rhoi cusan fawr i Babi ac i ffwrdd â hi.

'Beth am i ni fynd i chwilio am glychau'r gog, Babi?' holodd Draenog Bach gyda gwên.

'Wiiii!' gwichiodd Babi Draenog yn llawn cyffro. 'Mae Babi'n chwilio am glychau'r gog! Ac mae Clwt am ddod hefyd!'

Cyn hir, daeth Mochyn Daear, Cadno a Llygoden i ymuno â nhw.

'Dyma fy nghefnder bach newydd,' meddai Draenog Bach. 'Mae e am ddod am dro hefyd.'

'Wel, da iawn wir,' meddai Mochyn Daear gan arwain y ffordd.

'Babi bach?' gwgodd Cadno. 'A *beth* mae'n ei lusgo?'

'Dyma Clwt!' meddai Babi Draenog gan wenu

'Mae'n siŵr y bydd digon o glychau'r gog yn Allt y Blodau Gwyllt,' meddai Draenog Bach.

'Dyma un!' gwichiodd Babi Draenog gan redeg draw i ganol y drain.

'Dere 'nôl, Babi!' gwaeddodd Draenog Bach.

'Paid â phoeni, mae e yma yn rhywle,' meddai Mochyn Daear wrth iddyn nhw ddechrau chwilio yng nghanol y drain.

O'r diwedd, daeth Babi Draenog i'r golwg unwaith eto yn ddail drosto i gyd.

'Anrheg i ti!' gwenodd, gan ddal pluen fawr, las o'i flaen.

'Diolch yn fawr, mae'n hyfryd, Babi . . . ond ble mae Clwt?' holodd Draenog Bach.

'Clwt!' llefodd Babi Draenog yn drist. 'Mae Clwt ar goll!'

'O na!' ochneidiodd Cadno.

'Paid â phoeni, Babi,' meddai Draenog Bach wrtho. 'Mae Clwt yma yn rhywle.'

A dyma nhw'n dechrau chwilio yng nghanol y drain unwaith eto.

'Dyma fe!' gwaeddodd Llygoden o'r diwedd. Ond wrth iddi dynnu a thynnu, yn sydyn, dyma'r ddraenen yn tasgu'n ôl . . . PING!

BWMP!

Syrthiodd Llygoden yn bendramwnwgl i'r llawr wrth i Clwt godi i fyny i'r awyr!

'Clwt, dere 'nôl!' gwichiodd Babi Draenog.

Yna, wrth i Clwt ddisgyn yn araf 'nôl i'r ddaear, deifiodd Babi Draenog amdano a dechrau rholio a bownsio fel pêl i lawr y bryn.

'Stopiwch e! Mae'n siŵr o gael dolur!' llefodd Draenog Bach wrth redeg ar ôl Babi.

'Dyma ni unwaith eto,' wfftiodd Cadno, gan redeg ar eu holau i lawr y bryn.

Drwy lwc, daeth y bêl glwt i stop yng nghanol y briallu.

'O Babi!' ochneidiodd Draenog Bach. 'Diolch byth dy fod ti'n ddiogel!'

'Mae Babi wrth ei fodd yn chwilio am glychau'r gog!' chwarddodd Babi wrth i'r ddau gofleidio'i gilydd.

'A dyma ni wedi cyrraedd Allt y Blodau Gwyllt,' meddai Draenog Bach.

'Un, dau, tri a bant â ni!' gwaeddodd Mochyn Daear wrth i bawb redeg am y cyntaf i chwilio am glychau'r gog.

'Draw fan hyn!' gwaeddodd Llygoden.

'Dyma nhw . . .

O NAAAAA!'

'Beth oedd y sŵn 'na?' holodd Cadno.

'Llygoden!' ebychodd Draenog Bach.

'Mae angen help arni!'

Roedd Llygoden wedi disgyn i mewn i dwll tywyll, dwfn.

'Rhaid mai hen dwll cwningod yw e,' eglurodd Mochyn Daear.

'Paid â phoeni!' meddai Draenog Bach. 'Fe wnawn ni dy helpu di nawr!'

Ond er tynnu a thynnu,
roedd y twll yn rhy ddwfn
i Draenog Bach,
Mochyn Daear a
Cadno fedru tynnu
Llygoden allan.

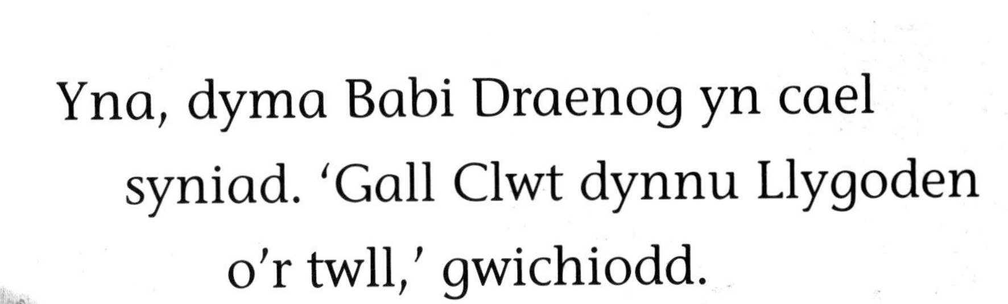

Yna, dyma Babi Draenog yn cael syniad. 'Gall Clwt dynnu Llygoden o'r twll,' gwichiodd.

'Syniad da!' meddai Mochyn Daear. 'Fe ddefnyddiwn ni Clwt i'w hachub hi!'

'Da iawn ti, Babi!' meddai Draenog Bach yn falch.

Dyma Draenog Bach a Babi'n dal Clwt yn dynn wrth i Llygoden afael yn ei waelod.

'Un! Dau! Tri! *Tynna*!' gwaeddodd Draenog Bach. Yna, daeth pawb i helpu, a gydag un ymdrech fawr . . .

sbonciodd Llygoden allan o'r twll!

'Hwrê!' bloeddiodd pawb gan chwerthin a disgyn yn un swp ar ben ei gilydd.

'A dyma ni wedi dod o hyd i glychau'r gog,' chwarddodd Mochyn Daear, 'ond dyna beth oedd diwrnod!'

'Ac am arwr!' gwenodd Cadno ar Babi. 'Yn union fel dy gefnder mawr, Draenog Bach!'

A dyma pawb yn eistedd i lawr gyda'i gilydd yn hapus ac yn llon i fwynhau picnic arbennig yng nghanol clychau'r gog.